Edition Akzente
Herausgegeben von
Michael Krüger

Oskar Pastior

Villanella & Pantum

Gedichte

Carl Hanser Verlag

1 2 3 02 01 00

ISBN 3-446-19927-6

Umschlag nach einem Reihenentwurf von Klaus Detjen
unter Verwendung eines Doppel-Gobbo
von F. Lucini nach J. Callot
Satz: Filmsatz Schröter, München
Druck und Bindung: Friedrich Pustet, Regensburg
Printed in Germany

Villanella

waldschleimhäute

mir fungieren sie ja wenn sie fungieren
dann immer als porcini aus peter steins
mit dreißig zentimeter erde inszenierten

sommergästen die nach kaltem hymen riechen
und als parkettsitzrüffel oder wildschwein
mir ja fungieren sie wenn sie fungieren

denn gleich backen sie einen riesigen
ohrspeicheldrüsenhinterhofmaisbrei
mit dreißig zentimeter erde inszenierten

totentrompeten und raschen täublingen
die im orchestergraben verschwinden – nein
mir fungieren sie wenn sie fungieren ja

so fingerhut myzel wie marconi-spermien
aus einem humus-hauff- und andersenserail
mit dreißig zentimeter erde inszenierten

hubraums einer ziegelei wo die bacchien
hausen unter filz & mumps im drusenhain
ja mir fungieren sie wenn sie fungieren
mit dreißig zentimeter erde inszenierten

hi-pokr (der eid)

dem da ergeht es oder wie dem bein
das fragt warum es aber geht – bitte
antworten sie nur mit ja oder nein

ein klumpfußkringel kommt herein
ein wadenbeißer nimmt es in die mitte
dem da ergeht es oder – wie dem bein

wenn beispielsweise reines kasein
entlehmt verströmen täte das gerippe
antworten sie nur mit ja oder nein

entstünde also (aufruf!) wem gemein-
hin wo kategorial es wäre im gemüthe –
dem da ergeht es oder wie dem bein

für eine weile bäuchlings; könnte sein
es röche dort beinah die eine quitte
antworten sie nur mit ja oder nein

noch einmal: salmt einem dann so ein
repetierheini verwildert ins gelippe:
dem da ergeht es oder wie dem bein –
antworten sie nur mit ja oder nein

villanella mit bugwelle

in Adam reizt Berta wie Duck schon Ensors kropf
aus der vorpositioniert gedeuchten zwischenbeichte
wo nach Adam Cäcilie wie Duck an Ensor andockt

steht zweitens Berta erstmals drittlings hier also
kurz eingemeindet für den fortgang – desgleichen
in Adam reizt Berta wie Duck schon Ensors kropf

zum gemeinen bougainvilleanösen dialog im kork
fingert stopfgarn in sogenannte dritte bereiche
wo nach Adam Cäcilie wie Duck an Ensor andockt

steigt demnach lax aus dem vierten feuerloch
das nasen-ödem von hornflath im geschnäuze –
in Adam reizt Berta wie Duck schon Ensors kropf

daß nicht mal ein korso bis nach wladiwostok
oder wut am stricktopp böge oder hin reiche
wo nach Adam Cäcilie wie Duck an Ensor andockt

kratzt alsdann Firdusi auf zum quadrämen trog
erzählt kein stellwerk mehr – denn jene feuchte
in Adam reizt Berta wie Duck schon Ensors kropf
wo nach Adam Cäcilie wie Duck an Ensor andockt

lumbago

vom anemon bis in die knie
ein unausdehn – ich tu es
darum interessiert es mich

vor allem wenn die amnesie
dabei im weg ist beruht es
vom anemon bis in die knie

ja unabding auf dem was nie-
mand unvorhand perlmutet –
darum interessiert es mich

auch so in sich hineinlich
als flix involvende meduse
vom anemon bis in die knik-

kebeinlich raufgezute hy-
azinthendithyramb abstruse –
darum interessiert es mich

an sich: phantom gewisser ü-
bergänge eines unterflutens
vom anemon bis in die knie –
darum interessiert es mich

nella paroda vanilla

hinter pansen brems und hamsterbacken
wo sie nächtens schwer phalanxoiden
nepzeitlosen sprühn aus tauben zwacken

vorbehalten den lianen oder schlacken-
bäumen eines steinzeitkesselparadieses
hinter bremsen pans und hamsterbacken

die wir filmhistorisch ineinanderraffen
mit gemeinen pollenschichten die den
nepzeitlosen sprühn aus tauben zwacken

wie den kellergrünen makarenko nacken-
sträubend schachtelhalmen sulfamiden
hinter hamster brems und pansenbacken

aufgehn sehn und seinen abraumschaber
hummernd loren durch king lears spaliere
nepzeitlosen sprühn aus tauben zwacken

die vor preßluft stangenbrech & acker-
hohlzaun paupernd jedoch kolibrierend
hinter pansen brems und hamsterbacken
nepzeitlosen sprühn aus tauben zwacken

einhorn humphrey

vor und rück und hin und her
in einem verwachsenen schluckauf
unterläuft irgendwem irgendwer

hat irgendwie auch nur ungefähr
den duktus drauf bzw. schnauft
vor und rück und hin und her

sobald aus bitte doch im tertiär
überwunden geglaubtem genickstau
unterläuft irgendwem irgendwer

ja etwas transvaal-klytemnester
als lapsus aber fast genau so
vor und rück und hin und her

wie sein geraumer handschmeichler
marconi im decoder – ach hypopotam
unterläuft irgendwem irgendwer

halt irgendwo auch so nicht mehr
wenn etwa nikodem als menelaus
vor und rück und hin und her
unterläuft irgendwem irgendwer

sein löwenanteil

ulf grasmaul dreht langsam kaum
der wettermaschine von üxküll
im sämischledernen den hubraum

entgegen – blaugrau am traumdarm
beginnen elf nymphen zu klimpern –
ulf maulsarg dreht langsam kaum

sich um – da springt ein daumen
mit unpaarzähnigem gebrüllbüll
im sämischledernen den hubraum

an – s'ist hypnos ein staubarm
der die lymphzisterne tribuliert –
ulf mausgral dreht langsam kaum

durch doch dem boliden grausmau
den hahn ab – der jedoch quirlt
im sämischledernen den hubraum

fest am augenschlitz zum gaumen-
trog am haustorgeilen marsmobil –
ulf lausgram dreht langsam kaum
im sämischledernen den hubraum

tandem

sich bo kein wedel entsch
(tse ädigum tse beibrum)
da huldigum – ach mensch

ko halbum nimbsch ko ranch
jedoch am feltbund krumm
sich bo kein wedel entsch

auch gleich am ügeltrench-
coatschopf von ergo sum
da huldigum ach manch-

ester kund andere trends
vom scheitel bis ontario
sich bo kein wedel entsch

tse sehn als ob ein grenz-
konflirr gleich porteflum
da – huldigum ach mensch

an ärfe iden lossensch nee
bellt recte miso fertigum
sich bo kein wedel entsch
da huldigum – ach mensch

exzeß

meliert bis hobelspan die thode
mit einem schnäubchen porzellan
in patinoir & mandelgrün – olé

einfältig kam sie mäh bis lose
dekodeon bis mallarmé – sodann
meliert bis hobelspan die thode

ging schiel & kaff in die parole
am schattenspiel des paravents
in patinoir & mandelgrün – olé

wer passen muß und von der hose
der chose doch nicht absehn kann
meliert bis hobelspan die thode

& spült sie aufwendig fürs grobe
aus einem lapistazienzianagramm
in patinoir & mandelgrün – olé

wir stochern zimt & kalben wolle
dieweil ein kupferroter pelikan
meliert bis hobelspan die thode
in patinoir & mandelgrün – olé

villanella rauchverschnitt

– wenn überhaupt dann tee vielleicht auch
nicht mit soviel schale dafür schon aber
ein wenig mehr oder gleich kalten baruch

nur zone bitter bitte etwas gummischlauch
wär fein und hernach dann als kandelaber
wenn überhaupt dante vielleicht – auch

böte jener selber (bruchgut) im gebrauch
an sich durch dritte sich melancholabel
ein wenig mehr oder gleich kalten baruch

selbst ohne an – ach ja wobei ein hauch
genügen täte (etwas lumber etwas knaber) –
wenn überhaupt dann tee vielleicht auch

ein gedanke höher traun! der alte saugt
sich nicht so rein wenn doch am stab er
ein wenig mehr oder gleich kalten baruch

verheißt und spitz biscuitten auftaucht
am dubuffet zum schmock des fumo haber
wenn überhaupt – dann tee vielleicht auch
ein wenig mehr oder gleich kalten baruch

nano, bitte –

dann, sagt er, frag den kalen-
der oder pol ihn dir unter, hol-
der, über lange sommer – krallen

sohlen sich aus ultraschallen-
klaven, das wird ruchbar – oh
dann sagt er, frag den kahlen

quallenspender nach dem zahlen-
code-entwickler eines andern, wo
der über lange sommer krallen-

des gepränge legt von schalen-
tieren hundertjähriger tangos …
dann, sachter frack, denk allen

ernstes cucumber zum fallen-
lassen seitlich aus dem salto
der über lange sommer krallen

schiebt – denn später macht er-
fahrungsgemäß kurz und ratlos –
dann, sagt er, frag den kalen-
der über lange sommerkrallen …

villanella vom hinterwäldlertum denn

seit es hinkommt und auch mal passiert
mitten in einem happigen vorbehalt
passiert es manchmal daß es mir abgeht

das ist kein grund – aber der schiebt
mich da auf auf so einer reservebank
seit es hinkommt und auch mal passiert

daß er mich ruckt nur weiß ich nicht
genau wo ich bin denn auch im wildbad
passiert es manchmal daß es mir abgeht

oder nimmt wunder was mich da im stück
bis irgendwo es etwas gibt mit einmal
seit es hinkommt und auch mal passiert

so daß man sagen kann es schickt sich
meist nicht – und doch mitunter im elan
passiert es manchmal daß es mir abgeht

zwar nicht so ausgepicht im unterschied
zu dann und wann – nur manchmal halt
seit es hinkommt und auch mal passiert
passiert es manchmal daß es mir abgeht

kalkwappen mit chorknaben etc

kaldaunen kalmücken orion kalauern
gemeinsamkeiten die sich zeigen in
kollekten kollegen portagen & ibris

kahle zweige sängerinnen kalte hunde
oder karyatiden im gewissen hirnsinn
kaldaunen kalauern kalmücken orion

also auch talmud & talglichtanstalt
zu wandern im bündel & hudel dahin
kollekten kolibris kollegen portagen

lektionen sogenannter kolbenkoller
im untersteuert ungeheuern flugbenzin –
mücken daunen lauern auerochskalifen

melancholiebeswaben – alle akkoladen
mit pfirsich im gefolge bis nach wien
kolibris portagen kollegen kollekten

desgl. bonsai der aparte apache cui
ha bonoretoure troubadoure brütend
kalorien dauen mücken kwerke alles
aus cola portagen mar ossa & lumbus

villanella mit sarkophag

im bettelschwalm verstellt mobilität
den atem wie im kropfgestellt ein rumpf
sich zum gedächtnis um denselben unstet

denn wenn der atem sich verhält entsteht
durch kurze zuwendung von außenlüftung
im bettelschwalm verstellt mobilität

so wie im bettelmann der apfel dunstet
verwurstelt um den finger dieser prunk
sich zum gedächtnis um denselben unstet

und steht entsockt darob im felsenfett
zur molkerei mit den paar zellen – stunk
im bettelschwalm verstellt mobilität

um zopf und krösus wos ums quorum brät
weht hauptbereinigungsentzug und kurvt
sich zum gedächtnis um denselben unstet

genau der aber tuts in dampf und brett-
gestell zum pharao wenn hic et nunc
im bettelschwalm verstellt mobilität
sich zum gedächtnis um denselben unstet

grober priessnitz

später war es einmal bloß der schoß
eines darum rundherum verstreichens
ging die witterung erst einmal krokus

im nukleus aber seines walden kairos
fings noch grosso modo an bei weitem
später war es einmal bloß der schoß

bis auf ein zwei tangos und angoras
abgemagert bitte es wie oder heu dem
ging die witterung erst einmal krokus

wie ein windstoß ausgemorpht engros
aus den wieder aufgespannten bäumen –
später war es einmal bloß der schoß

allerdings von patmosgroßen rosen los
war es eben kaum nur so im allgemeinen
ging die witterung erst einmal krokus

& dem eisbein unter siebenerlei strohs
durch die lappen des verstreichens –
später war es einmal bloß der schoß
ging die witterung erst einmal krokus

mademoiselle

raps – oh die katz in gelb hüpft sack-
leinwand vor einer bluebox wie es schien
ins paradies – und das mein einwand

passierte in dem sieb und an dem tag
als mäusele zur made ging – nun ja die
rhapsodie »katz in gelb« hüpft sack –

und ganz im sinn von hack & widerhack
geraten neben einer menge terpentin
ins fahrrad dies & das – mein einwand-

frei vanille angeschwollener portulak
verfiel dem türkenbund vor wien im
raps – oh die katz in gelb hüpft sack

& pack & eigensinn pastös im zickzack
durch sein gespeichertes ultramarin
ins paradies – und daß mein einwand

aber mittendrin an der pistazie lag
war ganz & ginster anemonmondän wie
raps – oh die katz in gelb hüpft sack
ins paradies – und das mein einwand

inter hundes grausche leier

hinter schlieren trieben laufend unterlegen
oder übertragen katalogen wie schon ja an-
deren botenstoffen ach die zögeren kröten

unterschlagen überhoben bunden schrieben eh
sie kataplasmen wunden zeugen backen tassen
hinter schlierentrieben laufend unterlegen

bis durchtrieben gangen fahren lassen öhsen
bröselinde schnaubend rattans und tamtams
deren boten stoffen ach die zögeren kröten

überzogen sich nicht kata stellen mögen
auch wenn strophisch sie entschieden langsam
hinter schlieren trieben laufend unterlegen

wären angesichts der schoben kreter blödem
hinterwald und seinsvermutungsgrund an
deren botenstoffen – ach die zögeren kröten

böten durchaus überknötelnd sich zum flöten-
gehen unterhalb der schlanken basaltplatten
hinter schlierentrieben laufend unter legen-
dären boten stoffen ach die zögeren kröten

zeno gussa

mistrabun
sozusagen
barst imun

masbrutin
ano sezung
intu brams

brutamins
guossenza
num i brast

mit brausn
gez an suso
samt rubin

mai brunst
zu o nasseg
minus trab

sirm bantu
zasse ungo
simbruant
in stabrum

yeti der weichzeichner

auf die schnelle kam sie – eh
wir volle pulle dachten trat
die schnalle auf der stelle

reisgram griesbrei so als wölle
man die kühle die ja alsdann
auf die schnelle kam (siehe

diesen schlitz und jene kehle
innerhalb doch nur bis an
die schnalle) – auf der stulle

kaltem pegel nahm marlene
ihre stola himalaja comme ça
auf die schnelle comme çi – e-

wig dietrich jener seelen-
ebenholzkalotte – ach wie sprang
die schnalle auf – der stele

fehlte aber schon die delle
eh man die kanüle sah –
auf die schnelle kam sie eh
die schnalle auf der stelle

türelek

hab zwar im vauxhall mal tuft – auber
bin söben grazau bughallbeg quomen
das war ein basser wockschlaa uhor

der hatte bindings von hasdrubalau
mir zürkennen sich psonen heu denn
hab zwar im vauxhall mal tuft auber

zakter das ist doch eher ein zikalu
denn zürst schwar helsingör worodin
das war ein basser wockschlaa uhor

hund hatzicha ereignet polda knauer
flüsterteich dafür horst blondoner
habzwar im vaux hallmalltuff tauber

auch später im pröminenten spandau
nein zakter blozim eselsore paminon-
das war ein basser wockschlaa uhor

zumindest hat er geigelzig seumpur
da war läwäläsö lopp mir so coupon
hab zwar im vauxhall mal tufta uber
das war ein basser wockschlaa uhor

wie sprang

ins aug am see nervöser sprüche
die dort am dicken nord dem ort
von unverblümtem außenbordgemüse

augen machte – wie drang der psyche
rohkostloser motor so tuckernd
ins aug am sehnerv öser sprüche

gewisse sauerampfersüchte glühten
wie abgefeimt und nicht bei trost
von unverblümtem – außen bord gemüse

innen schlicht eine gerüchteküche
die mücken schwärmten jedes wort
in »saug am see« – nervöh sehr sprüche-

sprüh-ventousendrüh vor karyatidem
zell am rüssel (grill) – so fuhr
von unverblümtem außenbordgemüthe

der kleine muck beim chlorophyll der
flanke die achtern ihm gestirne bot
ins aug am see nervöser sprüche
von unverblümtem außenbordgemüse

schlüter

ist im vergleich ein amethyst
als sein verschleif an mitteln
der so nicht zu vergleichen ist

weil in dem schieren obelisk
die lymphe schütter ist – und dito
ist im vergleich ein amethyst

der violett zu kant sich liest
im himbeerwasser seines himmels
der so nicht zu vergleichen ist

ein brüter überm schattenriß
der ab und zu mal naß gerüttelt
ist im vergleich – ein amethyst

hingegen niest derweilen unbefris-
tet im begriff der zwei paar stiefel
der so nicht zu vergleichen ist

denn selbst ein blasser urbanist
im schlucker liederlichster giebel
ist im vergleich ein amethyst
der so nicht zu vergleichen ist

halbzeit

das interregnum oder wanderschlafen
in stauchen kneifern integral gleichwohl
an gliedern die so eigenartig blaffen

als kämen sie in einen alten strafraum
wo tausendfüßlergarden aber anderswo
das interregnum oder wanderschlafen

sich abrupt verschnaufen in enklaven
von schafen im bereich des karambol
an gliedern die so eigenartig blaffen

daß kaum daß sie die schlaufen schaffen
um abzuschaffen einmal ach im lebewohl
das interregnum oder wanderschlafen

dann mit links – oder auch sausenlassen
den clou na ja von aufgestautem da sowohl
an gliedern die so eigenartig blaffen

als auch in vorgelagerten giraffen-
schlanken knödelhalsverbänden – oh
das interregnum oder wanderschlafen
an gliedern die so eigenartig blaffen

villanella mit apportierhündchen

bringt eins zum anderen einander als gewollt
verhandelt jenes darin aber schon zerlaufen
was in der wiederholung sich nicht wiederholt

was nur bedingt sich auseinander deutet rollt
auf das was bald ihm weiter käme und gebrochen
bringt eins zum anderen einander als gewollt

das allerdings dann einvernehmlich in dem plott
sich maulfaul schludern täte aus den knochen
was in der wiederholung sich nicht wiederholt

bis nachgerade dieses jenem jenem jenes zoll-
frei was es vom strauch wähnt seinem frauchen
bringt eins zum anderen einander als gewollt

vorausgesetzt daß weiter unverwandt es trollt
zum sich sich es wenn es die auchs eunuchen
was in der wiederholung sich nicht wiederholt

doch unbedingt einherzukommen hingehn soll-
te falls irgendwem nur dieses ausgesprochen
bringt eins zum anderen einander als gewollt
was in der wiederholung sich nicht wiederholt

villanella saxifraga wieso

wird es etwa da herum noch angefangen
und auch meilen weiter sich verloren
haben einmal oder darum sein gegangen

fragt sich oder wachtelt einer elefanten
auf syntagmenraten – hinter den azoren
wird es etwa da herum noch angefangen

aber vorderhand auf schwankem tandem
weder nachgereicht noch aus den ohren
haben oder einmal darum sein gegangen

so wie die um damals in gedanken damen
hüpfend vor dem einhorn – dort im zorn
wird es etwa da herum noch angefangen

streifen bilden oder punktuelle zangen
zu den schnappen an verschiedenen boten
haben oder darum einmal sein gegangen

während ameisen bereits nach büsum langen
und den brenner vor dem alp melanchthon
wird es etwa da herum noch angefangen
einmal haben oder darum sein gegangen

stola

halbschatten »phrenesie« – na und?
zuweilen aber heißen sumachsträuchern
ein weiteres eleyson-atrium

dermaßen kaleidoskopial und dumm
wie überhaupt cremon und bleifern
halb schattenphrenesie – na und

zum anderen ihr schierlingmund
bald marmeladen blaubeer im ver-
ein weiter eselei: so'n atrium-

verteiltes umbraphon im grund
daß drüber läge zum verstreichen
halbschattenphrenes siena – und

aber dann im kukuruz (porumb)
kein laubeidach und tauber zeichen
ein weiter esse leihson – ah trium-

phalos bereits mein altes karakum
vor ort ist etwas eutern hades
halb schatten phrenesienah und
ein weit thereseleis oh natrium

steht

geht ein beim waschen bis zum heumond
der knapp sich zurücklehnt ins sprühgel
und was immer noch am dicken ende oder

verliert im hausgemach sein chloroform
an den fadenschein genieselt wie darüber
geht ein beim waschen bis zum heumond

der scheu und leumundhafer bis glaukom
sich fein heraus zum rasenfuß gedübelt
und was immer noch am dicken ende oder

wo man davon nicht sogar gleich herum-
fährt aber neu schon – und das kapitel
geht ein beim waschen bis zum heumond

so daß kein giebel um ein haar vom stamm
bis ungezügelt an der biegung schwiemelt
und was immer noch am dicken ende oder

das schütter wird auf abstand knapp vom
hosenbein auf einem kaum entweder viel
geht ein beim waschen bis zum heumond
und was immer noch am dicken ende oder

prien-tüte

als ich mit dem leinsamen allein war
wich der chiemsee bereits nach süden
um zu vertilgen ihn mit haut und haar

eine schere lag herum noch ein paar
kreuzworträtsel angebrochene rosinen
als ich mit dem leinsamen allein war

ich griff beim gang durchs inventar
auch in den schrank mit dem herzgemüse
um zu vertilgen ihn mit haut und haar

da war es langsam sternenklar daß
hinterm abend mir der kürbis blühte
als ich mit dem leinsamen allein war

und daß der späte spareffekt daran
auf seine art nur lockerte die lymphe
um zu vertilgen ihn mit haut und haar

bis aufs geblüt vor 1907 & montélimar
so wollte mich die tote mamma prüfen
als ich mit dem leinsamen allein war
um zu vertilgen ihn mit haut und haar

flitter (deunglitsch)

beatmen seiner laden her mit stuck
am abend wider bagger tauten astern
was liege fetter lore grate lurch

dank heller puffer hat regress uns hut
nun lappig tappend stunden hamstern
beatmen seiner laden her mit stuck

maulmantel drilling malt den ruck am bug
umbuttern kind rag die devise kentern
was liege fetter lore grate lurch

drum locker seiner tiefen maßstab rump-
fen hindurch den rag man seen intern
beatmen seiner laden her mit stuck

inmitten gaffer plane fliessend durst
und am sonor umarmten kippen halftern
was liege fetter lore grate lurch

dies weither weitab andre tun hindurch
die um die splitter turne sole wittern
beatmen seiner laden her mit stuck
was liege fetter lore grate lurch

modulierten füßchen die wir gänsen
stecken um uns englisch anzubiedern
angeln die sich borsten an gelenken

die wir fiebernd gern von fern sähn
wie sie sich versehentlich zitierten
modellierten büsten die wir gänsen

aus gespreizten überbeinen dehnten
wie versessen auf pantinen schieben
angeln die sich bürsten an gelenken

reizen aber noch bevor wir wähnten
daß es spürbar ginge an die nieren
modulierten füßchen die wir gemsen

im gedenken über abgeblockte fersen
oder hintertriebner grütze schiere
angeln die sich brüsten an gelenken

die zumindest wieder sich zu berge
stieren sähen wir auf allen sieben
modulierten füßchen sie an felsen
hangeln die sich in gedanken bürsten

obstinato

kann/kannst wie ich schreib lesen/du
fragt/fragst wozu? bloß mocking sei
sprachblödel bauzaun zeitklaviatur?

dabei macht nachts wie duster pur
zur kuh- und kunstkonstanz bereit –
kann/kannst wie ich schreib lesen du

diesda – oder war mayday hemmschuh
noch werst entfernt von wurstigkeit
sprach blödel bauzaun zeitklaviatur

war gödel bistro-haptikannibal natur
bzw. demnächst wieder einmal nur last-
kahn – kannst wie ich schreiblesen du

alter ergo stan & bran – wer aber fuhr
kubin mit hast mir oder troff die stein
sprach blödelbau zaunzeit klaff via tur-

malin zum gneis von stiftzahn malibu
den saxifragaklaster (klumbus) – ei
kann/kannst wie ich schreib lesen du
sprachblödel bauzaunzeit klaviatur

villanella mit das macht

das macht es hat der schmöbius
zur nacht mir um den windel
geschnülzt durch seine ausburst

derweil ich eben römisch muß
und er sich lymphoman & simpel
das macht – es hat der schmöbius

gar blöden isthmus zum verdruß
sich mir aus seinem phloxrebell
geschnülzt – durch seine ausburst

gab's aufschnitt viel und anisöl
an dem gestell im blickwinkel
das macht es hat der schmöbius

den riß des böhmens im meniskus
der sich entflöten tut für pendel
geschnülzt durch seine ausburst

da sind in blues & grus & schmus
die locken durch die ringel –
das macht es hat der schmöbius
geschnülzt durch seine ausburst

hornflath

einmal durch ist halb geschlüpft
überm ramses ihres tut-ench-amun
wo sie wenn sie raus ist auflippt

herzensgü & schon zum frühstück
hingeschlissene des sogenannten
einmal durch ist halb geschlüpft

kehrt hervor sie chloroformisiert
bausch & bogen aus gewissen spalten
wo sie wenn sie raus ist auflippt

doch erst wenns ihr wieder blüht
spüren wir die qual des ganzen
einmal durch ist halb geschlüpft

aus beziehungsweise wieder hübsch
ins gebüsch der geißblattranken
wo sie wenn sie raus ist auflippt

oder hinhält quarantän und wüst
was ihr montags brust vor amen
einmal durch ist halb geschlüpft
wo sie wenn sie raus ist auflippt

villanella jute-pandora

oh ja! wonach der nahverkehrspokal schon
pupt und schnarcht; denkst du; ohn nein, ute!
troja paranoia gracht um kardamom dem phlox

hinaus der perifellachia überm südermoor
denn diesmal kommt maloia durch die luke
oh ja! wonach der nahverkehrspokal schon

hinter beiden schränklins und zu kleinholz
(denkste) sich macht; nur peanuts – eh
troja paranoia gracht um kardamom dem phlox

das zollamt eigens auf im halslaborhaar wo
soja jason im jasmin sogar galopp zumute
oh ja – wonach der nahverkehrspokal schon

ewig schmach bis floatete sein kargoboot
und kartographen-molnar eine normalroute
troja-paranoia gracht um kardamom dem phlox

sie da der grätsche ihrer büsche am äquator
noch adäquator ein als rochen im coupee
oh ja, wonach der nahverkehrspokal schon
troja paranoia gracht um kardamom dem phlox

häkeldrüse

der eber schlägt im stundentakt
abstrakt vor schaumiger genese
des pudels der den löffel stahl

im albuminschock – dem darnach
zumute ward als wie ein blazer
der eber schlägt im stundentakt

durch studios im handschuhfach
von prag – doch aus dem myzel
des pudels der den löffel stahl

und hinterbracht von lukas cran
so nach und nach dem kleefrosch
der eber schlägt im stundentakt

die reibe ab von georges braque
wie bei entlaubtem gnu das fell
des pudels der den löffel stahl

und sich ins holster ei bei nacht
und nebel ausgeleckt – wenn je
der eber schlägt im stundentakt
des pudels der den löffel stahl

tobler kiné

zum geysir dir mein doppel! schwing
ihm den kopier zupf hin die pfropf-
sucht barneby im kopf zum crawling

weithergesuppt – sein bims-larynx
stopft asynchron schwamm enzyklop
zum geysir dir – mein doppelschwing

glupft unverschämt um die partien
wo klaustrophob schnaub mikrosoft
sucht barneby im kopf zum crawling

ho! halt! im nadir haart mein kinn
so enzephal synkopengram – o zopf
zum geysir dir mein doppelschwing

da kirnt es burn und prap im sfink-
tersfinx am aggregau was heliotrop
sucht barneby im kopf zum crawling

ob achtern be? ob je kelvin-merlin
rasanten füge seinen wasserkropf
zum geysir dir? mein doppelschwing
sucht barneby im kopf zum crawling

im saft

da waren sie schon auch – fast wie
4 eingemachte schwalbenbirnenigel
– dann aber waren sie gleich hier

mit nägeln so besteckt daß mir
die vier am anderen ende schienen:
da waren sie schon auch – fast wie

gewormste & doch abgeholt in trier
und einmal sogar nicht auf rügen
– dann aber waren sie gleich hier

sehr andere und glichen schier
vier melbapfirsichen im tiegel:
da waren sie schon auch fast wie

die wunderkerzen immer ums revier
gejagt & oft verkehrt im spiegel:
dann aber waren sie gleich hier

& doch nicht hier das sag ich dir
nach ein paar scherereien am hügel
da waren sie schon auch »fast wie«
– dann aber waren sie gleich hier

pollux

gedacht als denken eines schachzugs
in flatterhemden die vom tender kamen
begegneten wir einem rollenden kubus

wir allerdings gedacht als reibungs-
matt bis trüb gehievt aus dem klinamen
gedacht als denken eines schachzugs

so daß man sagen konnte auf dem fuß
und mit der schubkraft holden lahmens
begegneten wir einem rollenden kubus

als dem gemeinen bremsen eines lust-
prinzips der schienen und gamaschen
gedacht als denken eines schachzugs

den bald man schon als schuh im abguß
haben könnte – doch ach da im fallen
begegneten wir einem rollenden kubus

so hyazinthen bims geradezu in schuß
gehalten dort von mythischen sandalen
gedacht als denken eines schachzugs
begegneten wir einem rollenden kubus

wollflauschmantel

also das differenz am trivial
besteht aus einem obsolet
das widersteht im regelfall

und im vertraun aufs futteral
dem alphajet – wer will versteht
also das differenz am trivial-

kalau als vulgo so ein kal-
orien oder -amitätsgerät
das widersteht im regelfall

dem missing link im muttermal
des malte laurids im falsett:
also das differenz am trivial

geht aus wovon gemeines all
als laster dasteht etwas blöd
– das widersteht im regelfall

dem polymer am emskanal
sooft man an den köpfen dreht:
also das differenz am trivial
das widersteht im regelfall

von ödelwal bis gurnemanz

besaß in amsterdam ein mandarin
aus daffke (rosenholz) ein wirsingohr
dem grün & pausblau es zu flöten ging

vor katman (du begreifen) aber schlin-
gerte es bloß – der bumerang von sor-
be saß in amsterdam ein mann darin

befand sich trump & fohl auf seinen knien
und hatte mächtig was zu kaunas flor
dem grün & pausblau es zu flöten ging

desgleichen rho (bis julian es schmie-
gelte phon vorne oh bis pythagor)
besaß in amsterdam ein mandarin-

gezinktes team das penelopen schien
zu rufen palatal im chor wie vor-
dem grün & pausblau es zu flöten ging

und belphegor bereits auf santorin
zu estragon manch mahles baltimore
besaß in amsterdam – ein mandarin
dem pausblau grün & es zu flöten ging

Pißmandel

Mein Diwan riecht Mais aus mürben Maroni.
Essiggurken weht Ariels Muttermund – flink
entert Haiku in Tilsits wahlweisem Brie.

Abschlammt der Denkfleck – bereits Sellerie
stört den Sommersultan dran: Weh dem Hering!
Mein Diwan riecht Mais. Aus mürben Maroni

Bridgetisch-Wege, schroffer: Kottenkosmos wie
Melkertinte (Leitungswasser) – Oliver Shrimp
entert Haiku in Tilsits wahlweisem Brie.

Kresse Protzrotz ruht. Die Panierte reformiert
Taunusweste Schlick. Stier auf scheuer Ahnin:
Mein Diwan riecht Mais, aus mürben Maroni

Hibiskus, Filet, Ethno, Rahm, Faß, Orgie;
Sesamschoschon ölt Eis, Pökel, Anis – Zimt
entert Haiku in Tilsits wahlweisem Brie.

Roll nun die Leber sauer-schön-ingwerem Vieh.
Acht Nymphen am Grill drehn ins Pörkölt Benzin.
Mein Diwan riecht Mais. Aus mürben Maroni
entert Haiku in Tilsits wahlweisem Brie.

(nach W.H. Audens *Miranda*)

von beziehungsweise

das postpositional zum präsens schrie
sodann »sie irren sich madame« und kam
sich aus den augen bis hindurch ins knie

gelaufen wonach das profan die schwie-
rigkeit in kauf und kurs aufs flutur nahm
– das postpositional zum präsens schrie

sich lahm am präpotenten »c'est la vie«
das über nostradamum riß und klamm
sich aus den augen biß hindurch ins knie

woselbst vorübergehend wie am spieß
»yourself« am hut voran als bräutigam
das postpositional zum präsens schrie

denn eingedenk und außerdem ließ nie
das schoßgeheimnis der prärie infam
sich aus den augen bis hindurch ins knie

gefallen was im protokoll belie-
big dazu stellung nahm da unbeugsam
das postpositional zum präsens schrie
sich aus den augen bis hindurch ins knie

von hobel

letzte nacht pronomen partizipium
und drumherum der tabulate trödel
da war's ein nebenaspekt nur – warum

aber so unselbst schädelbrumm futur
wie neulich sesam armbrust knödel
letzte nacht pronomen partizipium

d. h. auch immer etwas drumherum
geführt zu führen etwa gödel – le-
da war sein nebenaspekt – nur warum

sollte da sein epithel am stumpf
verlorengehn wie diese blöden flöten
letzte nacht pronomen partizipium

von denen mir ja bloß ein quantum
ikea-malmö schreck doch angehöre
da war's ein nebenaspekt: nur warum

von darum später aufzubrauchendum
wie neulich hebel saugwarze ödem
letzte nacht pronomen partizipium –
da war sein nebenaspekt nur warum

titan

gelenk aus dem herauszuschinden noch
ein wenig knoch & stall eine schatulle
schiene am castrum so was wie brustton

von steinwurf oder porzellanfühlung oh
gut & kernweich schisch wegen dem alten
gelenk aus dem heraus zu schinden noch

holde pilzsorten sich unter dem beton
sehr überzeugend verhielten zur baller-
schiene am castrum – so was wie brustton-

sur & moosbeerbeiß aus dem er kroch
mit scheiden und bedurft zum schmalen
gelenk aus dem herauszuschinden noch

kein juchz von schluchz den botenstoff
auf tropf zu reimen sich umbrellahafte
schiene am castrum so was wie brustton

einer mäkelnden porosität des konusbo-
nus (egelschneise) in mozarts calembour-
gelenk aus dem herauszuschinden noch
schiene am castrum so was wie brustton

villanella von ausgemachtem intimduft

blechveranden hing das panorama einwärts
hoch an jenem bombenferienhimmelnußölsommer
als die ausquartierung mokkatassen beulte

parallele schächte römisch bis zum kaiser
schnitt aus korkoduschen pausen woran sohlen
hing das blechverandenpanorama einwärts

überbringern wilden weins durch botenhälse
ihre einbeziehungsschneise oben abzuschotten
als die ausquartierung mokkatassen beulte

und entriegelt und versiegelt abrufbar zen-
trale bläue aufflog in das unpaar schoten
hing das panorama blechveranden einwärts

von erzählten bahnhöfen als bräuten erbsen
mit hornissenwüchsen im verbandzeug rochen
als die ausquartierung mokkatassen beulte

und der gurkenblüten mitvergangenheiten le-
dern aus den sommerlangen parallelen poren
blechveranden hing das panorama einwärts
als die ausquartierung mokkatassen beulte

noch ein okna

bevor ich jetzt schließe heißt es im text
der auf dem boden der salzach rumrollt
bist du naja vorübergehend mir zuletzt

d. h. noch einmal und vermutlich zu unrecht
mit fleiß vom torkelhiebatsch überholt
bevor ich jetzt schließe heißt es im text

denn eigentlich sag ich nur du steckst
zwar unheimlich drin doch selbst autonom
bist du naja vorübergehend mir zuletzt

untergebuttert von links und von rechts
oder ausgestrudelt mit dem katzengold
bevor ich jetzt schließe heißt es im text

nun schon zum dritten mal wie demnächst
ihm denn wenn der hiebatsch sich trollt
bist du naja vorübergehend mir zuletzt

und torkelst auch tatsächlich so spez-
ial darum daß es uns wunder salzach soll
bevor ich schließe heißt es – im text
bist du naja vorübergehend mir zuletzt

villanella violetta

zwei tote augen und ein weißer kamasutra
das sind vergleichsweis zwei häuflein leumund
doch geht es weiter unverzeihlich übern schluß da

und fängt zu laufen an erst einmal dieser mustang
dann wetzt es wieder heran ahoi und
zwei tote augen und ein weißer kamasutra

beziehungsweise drei-vier gänge mit sakuska
und rustikalmus bis zur verbeugung
doch geht es weiter unverzeihlich übern schluß da

zum falschen hasen mit dem angebornen brustlatz
wenn die etuba aus jedem pneu brummt:
zwei tote augen und ein weißer kamasutra

die schieben streusand aber nur auf so ne fußbank
für dill mit kurgast oder bayreuth nun
doch geht es weiter unverzeihlich übern schluß da

verbotne beulen und ein meisterlicher knutschzwang
schleppt an die häutung an jeder kreuzung
zwei tote augen und ein weißer kamasutra
doch geht es weiter unverzeihlich übern schluß da

Pantum

im gödelbaum

wohin soll ös gehn?
sandwich am hochzeitstag
ach nach malmö
oder man beißt ab

sandwich am hochzeitstag
heißt offen allseits
oder man beißt ab
nach büsum zumeist

heißt offen allseits
für mehrfachzysten
nach büsum zumeist
ist es dann schön

für mehr fachzysten
kommt ein mouton vorbei
ist es dann schön
waren es zwei bis drei

kommt ein mouton vorbei
geht es oft ins geld
waren es zwei bis drei
laterale laternen

geht es oft ins geld –
wohin soll ös gehn
laterale laternen?
ach nach malmö

stadien säumen die präambeln

wenn sie statt zu weichen greifen
weil sie statt zu grachten beulen
wenn sie statt zu passen juchten
weil sie statt zu kreuzen bunkern

weil sie statt zu grachten beulen
wenn sie zilien statt zu klaftern
weil sie statt zu kreuzen bunkern
wenn sie kraulen statt zu quappen

wenn sie zilien statt zu klaftern
weil zu blattern sie statt ködern
wenn sie kraulen statt zu quappen
schnuppen zupfen statt krawatten

weil zu blattern sie statt ködern
sie zu weilen weil zu schüchtern
schnuppen zupfen statt krawatten
so zu sagen zu gleich schnippen

sie zu weilen weil zu schüchtern
wenn sie sie statt sieben warzen
so zu sagen zu gleich schnippen
wenn sie sie statt latschen pauken

wenn sie sie statt sieben warzen
oder zutzeln statt zu schweifen
wenn sie sie statt latschen pauken
statt zu fetzen oder schwammerln

oder zutzeln statt zu schweifen
puppen weil sie sie zu quasten
statt zu fetzen oder schwammerln
piepen weil sie statt zu piepen

puppen weil sie sie zu quasten
wenn sie statt zu weichen greifen
piepen weil sie statt zu piepen
wenn sie statt zu passen juchten –

lilien für syrakus

so genanntes

pantoun/pantum, malaische dichtungsform,
vierzeiler, kreuzweis gereimte strophen,
deren zweiter und vierter vers jeweils
als erster und dritter vers der folgenden

vierzeiler, kreuzweis gereimte strophen,
erscheinen; von französischen romantikern
als erster und dritter vers der folgenden
sog. parnassiens verwendet, auch als *paenula*

erscheinen, von französischen romantikern,
das ist der radmantel antiker tracht
sog. parnassiens, verwendet auch als paenula,
von der sich anderswo die *kasel* ableitet,

das ist der radmantel antiker tracht –
eine schutzbehauptung gegen die natur,
von der sich anderswo die kasel ableitet,
zuerst aus leder und später aus bronze;

eine schutzbehauptung gegen die natur
des eisens, kam die nackte zeile auf,
zuerst aus leder, und später aus bronze
trat im ring der hemden an die stelle

des eisens, kam die nackte zeile auf
pantoun/pantum, malaische dichtungsform –
trat im ring der hemden an die stelle
deren zweiter und vierter vers jeweils

tomatenpantum

laß auf dem tisch den bodenlosen doppler
aus sonnengereiften tomaten und erlesenen ge-
würzen springen, husch, kantgewandt unter den
scherenschnitt eines malaischen inkubators

aus sonnengereiften tomaten und erlesenen ge-
brechen : bohnen auf erbsen wie geflügel-
scheren – schnitt eines malaischen inkubators
da die geisteswissenschaft sich vermählt

brechen bohnen auf erbsen wie geflügel-
schatten und gabeln heiß durch pusteknochen
da die geisteswissenschaft sich vermählt
unter lappen über automatischen kühlen

schatten und gabeln heiß durch – pusteknochen
klinken aus der soße heiligem schein
unter lappen über automatischen kühlen
schüben tau, einander wehrlos – initialen

klinken aus : der soße heiligem schein-
tod gebührten forellen, und auch pistazien
schüben tau, einander wehrlos, initialen
bloß, hüpfend … nach einem solchen muster-

tod gebührten forellen und auch pistazien-
vierlinge, zu gleichen teilen, aber jeweils
bloß hüpfend nach einem solchen muster
damit es sich verhalte wie niels bohr :

vierlinge zu gleichen teilen, aber jeweils
flatternd, jenem hündchen auf den fersen
damit es sich verhalte wie niels bohr
zum nachtschattengewächs der redundanten

flatternd – jenem hündchen auf den fersen
protuberant vom patersongewürz zurück
zum nachtschattengewächs der redundanten –
laß auf dem tisch den bodenlosen doppler

pantum kadewe pulmon

wenn die luftverbindung trennt
und die offenen grenzen schweigen
statt zu schäumen sukkulent
wann die säulenfrüchte steigen

und die offenen grenzen schweigen
noch bevor die schneise läuft
wann die säulenfrüchte steigen
bis der schwermuthopfen greift

noch bevor die schneise läuft
und die alten mieder schmurgeln
bis der schwermuthopfen greift
wo es rasselt statt zu gurgeln

und die alten mieder schmurgeln
während wenn der steiß ausbricht
wo es rasselt statt zu gurgeln
weil man alte konten schließt

während wenn der steißt ausbricht
und man kann nicht unterscheiden
weil man alte konten schließt
ob sie niesen oder schleudern

und man kann nicht unterscheiden
wenn die luftverbindung trennt
ob sie niesen oder schleudern
statt zu schäumen sukkulent

pantum oder was

bück dich mal nach dem
was im zerstäuber rinnt
oder was erwartest du
von einem scheuen kind?

was im zerstäuber rinnt
rinnt nicht aus hüften
von einem scheuen kind
sondern aus ungeprüftem

rind – nicht aus hüften-
gen flundern die sie ab-
sondern aus ungeprüftem
gelb ruht ein wanderstab

gehn flundern die sie ab
siebzehn flechten der en-
gelbrut – ein wanderstab
wie mein piz palü haben

siebzehn flechten – der en-
terich hakelt dies ohm
wie mein piz palü haben
sie bald auch mein hams-

ter-ich – hakelt dies som-
merlich tundra der amne-
sie bald auch mein hams-
un-viktoria-und-schwär-

merlicht (und -rad) der amne-
ris hier für morgens taif-
un viktoria und schwer-
metall im hintergrund-

riß hierfür morgensteif
bück dich mal nach dem
metall im hintergrund –
oder was erwartest du?

pantum bichrom

die maulbeerulme faulte ja schon
doch in der nähe ockerte ihr milb
komplementär dazu fast violett
und hatte mehr raupen als haare

doch in der nähe ockerte ihr milb
vor nachbarschaft zur blauen grotte
und hatte mehr raupen als haare
obwohl man auch türkis dazu sagte

vor nachbarschaft zur blauen grotte –
wo ein zitroner dem erscheinungsbild
obwohl man auch türkis dazu sagte
statt honig eignete im gegenschaft

wo ein zitroner dem erscheinungsbild
der maulbeerulme eben widersprach –
statt honig eignete im gegenschaft
dazu aushäusig der holunder sich

der maulbeerulme – eben widersprach
im hellgelb eines wellensittichs
dazu aushäusig der holunder sich
und strotzte außer sich vor milb

im hellgelb eines wellensittichs –
die maulbeerulme faulte ja schon
und strotzte außer sich vor milb
komplementär dazu fast violett

moralisation

wenn die bodenschätzung nicht
in luftschabracken dafür aber
aus dem höhenbruder verfudert
oder hinter kandaharkardan gar

in luftschabracken dafür aber
von der federklippe schnellt
oder hinter kandaharkardan gar
wo die eisenspäne ziegen sind

von der federklippe schnellt
ja aber das lernäische moment
wo die eisenspäne ziegen sind
die sich magnetisch verthulen

ja aber das lernäische moment
präkonisiert enorme jokerpoker
die sich magnetisch verthulen
je nachdem ob sohlenzüngel eher

präkonisiert enorme jokerpoker
als so ein orangenes klopstock
je nachdem ob sohlenzüngel eher
immer auch phrygisch das bamsel

als so ein orangenes klopstock
wenn die bodenschätzung nicht
immer auch phrygisch das bamsel
aus dem höhenbruder verfudert

pantum stahlblau mit streuung

»marienburger höhe etwa« jenes spatzenhirnes – oh,
was, herzustellen, nachgerade ohne absicht, doch
ergebnis sei, lokaler sprengbezirk, ach heuschreck –
dort zwischen ferienkleid marill und einem mitleid

was herzustellen, nachgerade ohne absicht, doch
an der hügelscheide stantepe mit tante und mama
dort zwischen ferienkleid marill und einem mitleid
mit übersee von gästen, schwerfällig & bonbonfarben

an der hügelscheide, stantepe mit tante und mama
aus amerika nun aber langsam wieder abzureisen,
mit übersee von gästen schwer, fällig & bonbonfarben
das ganze dorf darin, die jungfraun – töricht,

aus amerika nun aber langsam wieder abzureisen
in diesen skyline-sonderzügen unvorhergesehen,
das ganze dorf, darin die jungfraun: töricht,
das alles wiederherzustellen randlos, als sei

in diesen skyline-sonderzügen, unvorhergesehen
aus keiner weiten welt, doch wiederum ein anflug,
das alles wieder herzustellen randlos, als sei
der flaue distelblick nicht sonnenuntergang sondern

aus keiner weiten welt doch wiederum ein anflug
»marienburger höhe«, etwa jenes spatzenhirnes, so
der blaue distelblick nicht sonnenuntergang sondern
ergebnis sei, lokaler sprengbezirk ach, heuschreck

kolben und zehen

a) rohmais orphisch
(silbe für zeile/zeile für walze)

paarweis war mais
weiß wie mais nie
wie doch nie roch
doch er roch sehr
er nur sehr stur
nur kam stur zahn
kam ei zahn erb
erbteil eiweiß
teils aus weiß raus
aus paar aus war

b) pantum aus rohmais orphisch

paarweis war mais
weiß wie mais nie
wie doch nie roch
– doch er roch sehr

weiß wie mais nie
er – nur sehr stur
doch er roch sehr
nur kam sturz ah-

ner – nur sehr stur
kam ei zahn erb
nur kamst du urzahn
erbteil eiweiß

kam eid-sahner »b«
teils aus weiß raus
erbte »i« leihweis
aus paar aus war-

teil sauschweiß rauh
(sparweis warm) – eis
aus pharaos phar:
wie doch ‘n »i« roch!

mikado

aus einem kühlen burundi
auf sonnigen von wegen
da zogen hoch pullunder
verkeilt und mit achtzehn

auf sonnigen von wegen
vorbei mit löchernem hut
verkeilt und mit achtzehn
war aller flieder gut

vorbei mit löchernem hut
und am kamener kreuznach
war aller flieder gut-
tapercha von lambda gar

und am kamener kreuznach
wie trällerten sie büll
am berg da von lambda gar
sie bildgeworden schrill

wie trällerten sibyll
aus einem kühlen burundi
sie wildgeworden schrill
da zogen hoch pullunder

folklore

selbst da wo selbst
vom hintersten thule
zu allem übel sich
erstaunt zeigt

vom hintersten thule
das übliche so baß
erstaunt zeigt
und follikelmäßig

das übliche so baß-
geigenfreundlich
und follikelmäßig
die tumulte selbst

geigen – freundlich
aus gutem grund
die tumulte selbst
und kabelbahnen

aus gutem grund
funikular den hals
und kabelbahnen
bis nach galizien

funikular den hals
selbst da wo selbst
bis nach galizien
zu allem übel sich

seltener sehwinkel
(pantum aus west-östlichem d)

saugt es aus den wellenbäumen
weil das menuett gleich verhütet
will es leder produzieren
das flaschenposten segmentiert

weil das menuett gleich verhütet
durch der lieferanten kulisse
das flaschenposten segmentiert
wo mir zirpte was dich zirkelt

durch der lieferanten kulisse
überführt es früh der fuhrmann
wo mir zirpte was dich zirkelt
wenn die kettenglieder leugnen

überführt es früh der fuhrmann
bleibt es nicht mehr umgeformt
wenn die kettenglieder leugnen
im beschluß der firnislauge

bleibt es nicht mehr umgeformt
nördlich rempelt sein verlauf
im beschluß der firnislauge
zu noch holpriger beklaubung

nördlich rempelt sein verlauf
und kein fesselballon seitlich
zu noch holpriger beklaubung
kommt geflötet und gebaumelt

und kein fesselballon seitlich
wie zuletzt des lifts behende
kommt geflötet und gebaumelt
mittels schmiermittel verbürgt

wie zuletzt des lifts behende
ledern solang nicht halbiert
mittels schmiermittel verbürgt
einem dieser steh und wetze

ledern solang nicht halbiert
unauffindbar doch am gatter
einem dieser steh und wetze
durchlässig in der verbindung

unauffindbar doch am gatter
saugt es aus den wellenbäumen
durchlässig in der verbindung
will es leder produzieren

Aphaia: Im Zugriff des Einzugs

Stoßseufzer – ein Kreuzverband in
diesem malaischen Anflug (Pantum)
aus konjunktiven Pusteln geschält
im Hinhorch auf die Glandiolethe.

Diesem malaischen Anflug (Pantum)
haspelt sich nun englisch »winch«
im Hinhorch auf die Glandiolethe
zum Wunschgebot, lat. »versus« – so

haspelt sich nun englisch »winch«
durch Glans et Folio summend Slang
zum Wunschgebot, lat. »versus«, so-
gleich auf der Rückseite des Blattes

durch Glans et Folio summend Slang
liegt, wie er's affenbrötisch tut,
gleich auf der Rückseite des Blattes
zur Pankreas »der Schwere« – quer

liegt, wie er's affenbrötisch tut,
»dein Optativ« gespindelt schon
zur Pankreas. Der Schwere Quer-
format hat »Aria gleich plusminus

Dein« optativ gespindelt: Schon-
zeit voraus! Goslar im Gegenlicht-
format hat Aria gleich plusminus
den Kokon zum Seidenstrauch der

Zeit voraus – Goslar im Gegenlicht
hätte sogar (pour l'argot) sarglos
den Kokon zum Seidenstrauch der
schnarchenden Esel – laut »verga«

hätte sogar pur (Largos) arglos
Stoßseufzer (ein Kreuzverband in
schnarchenden Esellaut) »verga«
aus konjunktiven Pusteln geschält.

pantum vernis

die mich bilder glauben
wo mich hängen gehen sehn
nahezu ohne drum und dran
bis viertel nach elfzehn

wo mich hängen gehen sehn
vorzugsweise lipsticknatura
bis viertel nach elfzehn
mit aufgestockten brauen

vorzugsweise lipsticknatura
aus dem realienarsenal
mit aufgestockten brauen
und zimmet im overall

aus dem realienarsenal
von allerlei erfahrungen
und zimmet im overall
unzeitgemäßer paarung

von allerlei erfahrungen
die mich bilder glauben
unzeitgemäßer paarung
nahezu ohne drum und dran

suchtaste (deunglitsch)

nun also hops herbei was gangart
lass den happen locker fallen
was these drumherum im material
dingfest kitten – antwortbrief an wen

lass den happen locker fallen
eh nothub tut tonspur uns haken
dingfest kitten antwort brief an wen
betaste rappel drumherum – warum

eh nothub tut tonspur uns haken
ran und er sage: her mit fussbad
betaste rappel drum herum *warum*
was tun man hole tee man plane

ran und er sage her mit fussbad –
mitten im murks sass also fix regress
was tun – man hole tee man plane
wandertag hie heimkind hie sausage

mitten im murks sass also fix regress
lass man rein rippenfell sirupfee
wandertag hie heimkind hie sausage
was spanner tosend umarmten sums

lass man rein – rippenfell sirupfee
mag falter atmen muster harken
was spanner tosend umarmten – sums
lose nun romansplitter alter lurch

mag falter atmen … muster harken
wen holder listen rips gigant
lose nun romansplitter alter lurch
heck man raps den dickwortpiepen

wen holder listen rips gigant
muss puffer fasten bald an themen
heck man raps den dickwortpiepen
knitter spender mutter flatter

muss puffer fasten bald an themen –
nun also hops herbei was gangart
knitter spender mutter flatter
was these drumherum im material

happentaster (deunglitsch)

an: alter blinker summer holder kipper
tut: ding most nut rat maul span hell drum themen
uns: ober mitten weitab tags fortan gar
was: herbedenken stemmend umfang hinge

tut ding most nut rat maul span hell drum: themen
hat fetter knitter loser spanner: minder
was herbedenken stemmend umfang: hinge
muss fix nun wrack bein hart hut fug haft: power

hat fetter knitter loser spanner minder:
not mantel pufflot kern ran rein den die:
muss fix nun wrack bein hart hut fug haft power:
such taste sense unten der uns haken:

not mantel pufflot: kern ran rein den die
bewetter blueten: ratter hummer probe
such taste sense: unten der uns haken
ins ist wen seine: andre dington grind

: bewetter blueten ratter hummer probe
: so und so und am weither drumherum
: ins ist wen seine andre dington grind
: in fest bin tut wen hat muss atmen man

so und so und am weither drumher: um
welch welch im welch um welch pro: welch
in fest bin tut wen hat muss atmen: man
nun these rippenpiepen harken rotten war: ten

welch: welch im welch um welch pro welch
an: alter blinker summer holder kipper
nun: these rippenpiepen harken rotten warten
uns: ober mitten weitab tags fortan gar

malepartus

bilde aalgleich
rückverwandte
schmaler paare
auf der kante

rückverwandte
lineale
auf der kante
von belcanto

lineale
sie – verfrühte
von belcanto
überm bürzel

sie verführte
zur kybele
überm bürzel-
trichter lotsen

zur kybele
idealer
lichterloh zen-
traler waller-

idee : aller
hälse hülsen
draller wall er-
pichter silben-

hälse hülsen
schilder ange-
pichter silben
wieder ungleich

schilderange-
bilde aalgleich
wiederum gleich
schmaler paare

dann eben daneben

in diesem patentbolzen
passiert es recht oft ja
sooft gar nichts passiert
daß alle zusammenzucken

passiert es recht oft ja
doch manchmal nur fast
daß alle zusammenzucken
haben wir was übersehen

doch manchmal nur fast
denn im gleichen moment
haben wir was übersehen
z. b. dieses bolzenpatent

denn im gleichen moment
geraten alle inversionen
z. b. dieses bolzenpatent
mitten aus dem zirbelfach

geraten alle inversionen
doch ständig sozusagen
mitten aus dem zirbelfach
daneben kann mans erleben

doch ständig sozusagen
in diesem patentbolzen
dann eben kann mans erleben
sooft gar nichts passiert

man scheibe

von einem kalten pseudo-kynegetikos die auf-
gescheuchten trüffeln und schalkandarenfrisch-
linge; die hummelscheren des profils in einem
schnalzgewicht von sage und schreibe siebzehn

gescheuchten trüffeln; und schalkandaren frisch
euch auf die schultern geföhnt – halloh – mit
schnalzgewicht von sage; und schreibe siebzehn-
hundert federn nieder – deren schnappschußarten,

euch auf die schultern geföhnt, halloh-mit-
schnitte ergaben; hingegen strichen auch schon
hundert federn nieder deren schnappschuß; arten-
vielfalt also, wo am paradiesfilet sich ein-

schnitte ergaben; hingegen strichen auch schon
eingefuchste sub-mykologeme kessel um die
vielfalt, also wo am paradiesfilet sich ein-
sam schlendrian des herzens austobt und bald

eingefuchste sub-mykologeme kessel um die
ohren, alter hundszahn; und wie leumund lang-
sam schlendrian des herzens austobt und bald-
uin ergebenst molybdän zur rausche durch

ohren, alter, hundszahn; und wie leumund lang –
das macht, es hat die gall ein schächer wie
du ihn ergebenst molybdän zur rausche durch-
trainiert am strang gewandelt, er – mensch

das macht es hat die gall ein schächer wie
von einem kalten pseudo-kynegetikos die auf-
trainiert am strange – wandelthermen sch-
linge die hummelscheren des profils in einem

pantum tambur
für gennadij und galina ajgi 15.3.93

I

saa uum kho ral
hla sur saa bis
tum pan kor don
auu lis pel shü

hla sur saa bis
lam xam hou war
auu lis pel shü
kho tur gne fal

lam xam hou war
ghü par zen tri
kho tur gne fal
bdü naj tur ban

ghü par zen tri
fuu zim paa gon
bdü naj tur ban
ljö dli pus tra

fuu zim paa gon
dil see haj kwu
ljö dli pus tra
naa tos ash nir

II

ral kho uum saa
bis saa sur hla
don kor pan tum
shü pel lis auu

bis saa sur hla
war hou xam lam
shü pel lis auu
fal gne tur kho

war hou xam lam
tri zen par ghü
fal gne tur kho
ban tur naj bdü

tri zen par ghü
gon paa zim fuu
ban tur naj bdü
tra pus dli ljö

gon paa zim fuu
kwu haj see dil
tra pus dli ljö
nir ash tos naa

dil see haj kwu
tur ban tam bur
naa tos ash nir
kam for lep sur

tur ban tam bur
saa uum kho ral
kam for lep sur
tum pan kor don

kwu haj see dil
bur tam ban tur
nir ash tos naa
sur lep for kam

bur tam ban tur
ral kho uum saa
sur lep for kam
don kor pan tum

III

saa hla tum auu
uum sur pan lis
kho saa kor pel
ral bis don shü

hla lam auu kho
sur xam lis tur
saa hou pel gne
bis war shü fal

lam ghü kho bdü
xam par tur naj
hou zen gne tur
war tri fal ban

ghü fuu bdü ljö
par zim naj dli
zen paa tur pus
tri gon ban tra

fuu dil ljö naa
zim saa dli tos
paa haj pus ash
gon kwu tra nir

dil tur naa kam
see ban tos for
haj tam ash lep
kwu bur nir sur

IV

auu tum hla saa
lis pan sur uum
pel kor saa kho
shü don bis ral

kho auu lam hla
tur lis xam sur
gne pel hou saa
fal shü war bis

bdü kho ghü lam
naj tur par xam
tur gne zen hou
ban fal tri war

ljö bdü fuu ghü
dli naj zim par
pus tur paa zen
tra ban gon tri

naa ljö dil fuu
tos dli see zim
ash pus haj paa
nir tra kwu gon

kam naa tur dil
for tos ban see
lep ash tam haj
sur nir bur kwu

tur saa kam tum
ban uum for pan
tam kho lep kor
bur ral sur don

tum kam saa tur
pan for uum ban
kor lep kho tam
don sur ral bur

lipophanese denn

nach dem schneebefund am wochenende
als wir noch hie und da was lasen
aber unterhalb der geisterschwelle
von trepanöser glühwurmhügeltitanei

als wir noch hie und da was lasen
bald zum beispiel verschwiemeltes
von trepanöser glühwurmhügeltitanei
erfuhren aus dem 8-zimmer-bereich

bald zum beispiel verschwiemeltes
mit einer folge raren legoschwunds
erfuhren aus dem 8-zimmer-bereich
wegen echt schnurlosem radius heut

mit einer folge raren legoschwunds
in der befindlichkeit von übermürbe
wegen echt schnurlosem radius heut
gewissermaßen kurz vorm pilzbefall

in der befindlichkeit von übermürbe
nach dem schneebefund am wochenende
gewissermaßen kurz vorm pilzbefall
aber unterhalb der geisterschwelle

stratuspantum

zwei luren und zwei morcheln geben vier
denn auch sie sind langarmig handlungen
bis sich dazwischen aufbaut eine glasur
aus schwund in den sich wieder türmenden

denn auch sie sind langarmig handlungen
der alten bausch-und-bogen-abbreviatur
aus schwund in den sich wieder türmenden
wie überhaupt sich anfühlen täte natur

der alten bausch-und-bogen-abbreviatur
voran quirin im souterrain der zeichen
wie überhaupt sich anfühlen täte natur
im sturmhoch präpotenten sichvergleichens

voran quirin im souterrain der zeichen
zu löcken (abglanz) übers trambulin d'amour
im sturmhoch präpotenten sichvergleichens
der luren der morcheln des labs der blessur

zu löcken (abglanz) übers traumbulin d'amour
eines siebenschlafs in lauten atmosphären
der luren der morcheln des labs der blessur
(denn auch sie sind langarmig handlungen)

eines siebenschlafs in lauten atmosphären
(zwei luren und zwei morcheln geben vier)
denn auch sie sind langarmig handlungen
bis sich dazwischen aufbaut eine glasur

stanniolethe

kolumnen, zwei, da minnesota sie-
ben stadien theben hat, grünwachtel!
während schläue wissensdürste tuben
und gedankenverloren noch dort o-

ben stadien theben – hat grünwachtel
an lobos höfen scharf abgefackelt
und gedankenverloren noch dort o-
ben klappen, da sich aus cardamomba

an lobos höfen, scharf abgefackelt
allenthalben der mürbe geistig hü-
ben, klappen dasig aus cardamomba
zu feuertöpfen, kreischend, horch,

allenthalben der mürbe geistig ü-
ber tabularien schritt für schritt
zu feuertöpfen kreischend, horch,
erzogen und, adverb – silizium a-

ber tabularien – schritt für schritt
befaßt per definitionsmogul-volum
er – zogen, und, adverb silizium, a)
wenn anderswo die sparren maischen

b) fast per definitionsmogul-volum
kolumnen, zwei, da minnesota sie
wenn anderswo die sparren maischen
während schläue wissensdürste tuben

hefte des lehms

obsterbeen sie quasten
kriabloom phetschoren
wonach birren flutter einst
zehn piphtösen harrten

kriabloom phetschoren
wölkten moon-dimm orphums
zehn piff tösen harten
leibniz – o glyzerinsiegel

wölkten mundimorph ums
balldach innenheim – wes
leib nit so glitzer ins igel-
du – sah borte am nerv

baldachinen heimwehs?
pfuschten sie's lall – oh me-
dusa bohrte am nerv
der zipatorisch antiklam

pfuschten sie slalom e-
rasmus hoch pi wo's in
der zipa dorisch-antik lahm
und föhn tension anis-kuh

straß mus-hoch piwo syn-
opster been – sie quasten
und föhnten sie onan iskust-
wo nach birren flut-terrains

qumram talkum

truthahn amrum
allzu schuljahr
umbra kangur
stand nur rum da

allzu schuljahr
krumm am datum
stand nur rum da
zur papaarung

krumm am datum
bartwuchs unklar
zur papaarung
pan durch tundra

bartwuchs unklar
gnu was ran zum
pan durch tundra
puma barfuß

gnu was ran zum
parcours tumba
puma barfuß
cartoon luna

parkuhr tumba
truthahn amrum
cartoon luna
umbra kangur

pompon tamtam

lockt monologos noch so oft
was schamhaar habhaft macht
zerfetzt die gischt ihm nicht
erst hinterm biß die lippe

was schamhaar habhaft macht
blockt noch vor kosmos moros
erst hinterm biß die lippe
tischfrisch ins dritte glied

blockt noch vor kosmos moros
papa alpha knapp ab – sarma-
tisch frisch ins dritte glied
bis liederlich flexibel wird

papa alpha – knapp ab sarma-
stodon schmort chronos formlos
bis liederlich flexibel wird
ist es wieder märz – bis mai-

stodon schmort chronos formlos
was man fast apart ja mag dann
ist es wieder märz bis mai
mit residenz in delft dies – ei

was man fast apart ja mag dann
lockt monologos noch so oft
mit residenz – in delft dies ei
zerfetzt die gischt ihm nicht

fenchel wenn man

einmal ohne wenn & kandelaber
beil o fenn das velum plenelt
und das knöchelwesen kiwwert
während anderes sich zu verhält

beil o fenn das velum plenelt
dort & seht was gras & kümmel
während anderes sich zu verhält
was o plenum die orangenkurbel

dort & seht was gras & kümmel
so erscheint im vordergrunde
was o plenum die orangenkurbel
ausmacht in der geisterstunde

so erscheint im vordergrunde
etwa nacheinander o was dann
ausmacht in der geisterstunde
elche wenn man und so weiter

etwa nacheinander o was dann
einmal ohne wenn & kandelaber
elche wenn man und so weiter
und das knöchelwesen kiwwert

enigma vom alternden leder

eines noch in dem sich so mäuse
vielleicht umeinander am besten
aber ich fürcht mich zu fast denn
noch ist es nicht ausgemacht was

vielleicht umeinander am besten-
falls einem wuselpunkt na ja denn
noch ist es nicht ausgemacht was
sich dort zugetragen haben wird

falls einem wuselpunkt na ja denn
mäusehalber widerfahren könnte und
sich dort zugetragen haben wird
an königstreuen mannschaften wie

mäusehalber wieder fahren könnte und
stumm sein knäuel odradek gezurrt
an königstreue mannschaften wie
grachten baumelnd oder einfach nur

stumm sein knäuel odradek gezurrt
vor einen nichtrührer und dessen
grachten baumelnd oder einfach nur
im begattungsaugenritual im dung

vor einem nichtrührer und dessen
eines noch in dem sich so mäuse
im begattungsaugenritual im dung
aber ich fürcht mich zu fasten

schleierschwanzphantom

sinngedichte
ganzer zeilen
die sich lichten
wo sie schichten

ganzer zeilen
auch vernichten
wo sie schichten-
weis verkeilte

auch vernichten
co sie nußgroß
weiß verkeilte
sträuberheuler

cosinus groß
scheuchen leisten
sträuberheuler
sich die meisten

scheuchen leisten-
beulen auch wo
sich die meisten
zweifelschleifen

beulen – auch wo
sinngedichte
zweifel schleifen
die sich lichten

Nachwort und Adnotationen

Daß hier nun, in einem Atem und in einem Buch, *die Villanella und das Pantum* nebeneinander genannt und miteinander aufgefächert werden, kommt davon, daß beide mir so ziemlich gleichzeitig übern Weg gelaufen sind, Mitte der Neunziger Jahre, und daß die Beschäftigung mit ihnen, oft in gegeneinander verzahnten Schüben, letztlich doch parallel verlief.

Auch sollte man beim Titel *Villanella & Pantum* nicht unbedarfterweise an *Die Schöne und Das Biest* denken; selbst wenn Villanella so graziös libellenhaft klingt und man beim Pantum gleich sowas wie ein Panthertier oder (Pan-tum) gar das Wesensgehabe jenes mythologischen Ziegenbocks vermuten könnte.

So wie es mir ja bei den beiden nicht um die Renaissance von verschütteten oder exotischen präsumptiven Inhaltsgütern hinter den Versformen bzw. in ihnen und durch sie ging.

Nein, ich halte die Villanella und das Pantum für zwei besonders interessante, mehr oder weniger gesellige lyrische Sprechweisen. Blaupausen, wenn man will. Freilich ziemlich alte.

Die Villanella (laut dtv-Lexikon auch Villanesca, Villanella alla Napoletana, Canzone Napoletana, ital. »Bauernliedchen«; laut Wahrig auch ein Hirtenliedchen und Tanzlied, mit Hinweis auf die Verkleinerungsform von *villano*, Bauer, und auf lat. *villa*, Landhaus; mir fällt *Villon* ein und englisch *villain, villainous*: gemein, bübisch, schändlich und niederträchtig) – also eine neapolitanische Bauweise/Blaupause für Liedchen, oft auch gesungene, aus dem 16. Jahrhundert. Mir hingegen war sie, von Christopher Middleton in Austin/Texas expediert, auf einem postalischen Umweg als Photokopie von W. H. Audens Villanella »Miranda« (aus The Sea & the Mirror: A commentary on Shakespeare's The Tempest. 1945) auf den Tisch geflattert. Mirandas komplizierter Grund- und Aufriß hat mir dann die ganze Zeit als archetypische Blaupause gedient.

> Villanella: 5 Dreizeiler und 1 Vierzeiler, also 19 Verszeilen in 6 Strophen; und das nun in einer präzisen Melange einerseits von neuen und von an bestimmten Stellen wiederholten ganzen Verszeilen und andererseits (sozusagen in diese Regelhaftigkeit hineingreifend und sie überlagernd) von nur zwei Endreimtypen für das gesamte Gebilde.
>
> Man könnte auch so sagen: Von der einen Seite schieben sich die 1. und die 3. Zeile der ersten Dreizeilerstrophe – abwechselnd – als 3. Zeilen der folgenden vier Dreizeilerstrophen sowie als Nummer 3 und 4 der letzten, also der Vierzeilenstrophe, repetierlich *in corpore* hinein. Gleichzeitig und boshafterweise kommen andererseits die kärglichen zwei Endreime für die insgesamt 19 Zeilen nicht nur als Identifikationsmuster »a-b-a« für die 5 Dreizeilerstrophen und »a-b-a-a« für die Vierzeilerstrophe am Schluß auf, sondern erweisen sich auch als ziemlich liederlich, schwach letterkonform, ja leicht ohrenfällig verwahrlost.

Das ganze sehr starr mobil und sehr offen sarkophag. Der Aufwand, die Exzentrizitäten einer Villanella zu beschreiben, ist lächerlicher und im Wortgekröse ungenauer als die Lektüre eines ihrer Exemplare.

Zum Pantum (Pantoum, Pantoun), das vor gut 150 Jahren von den malaiischen Inseln nach Frankreich kam, wo es, vor allem bei den Romantikern, eine längere Inkubations- und Pflegezeit hatte, war ich über Oulipo gelangt; genauer gesagt durch einen Essay von Jacques Jouet* und durch Harry Mathews, der es mir während seines Berlinaufenthaltes auf meiner Resopaltischplatte deponierte:

> Pantum: XAYB / ACBD / CEDF / EGFH / ... / letzte Strophe: Zeile 2 aus der vorletzten, dann Zeile X aus der ersten, dann Zeile 4 aus der vorletzten, dann Zeile Y aus der ersten. Die Buchstaben im Schema bedeuten Zeilen in ihrer ganzen Länge.
>
> Mit anderen Worten, das Pantum ist ein Gedicht von beliebiger Länge und besteht aus Vierzeilern, deren 2. und 4. Zeilen jeweils als 1. und 3. der folgenden Strophe auftauchen, die dann ihre 2. und 4. neu erfindet – und so weiter, ad libitum, in dieser malaiischen Kreuzverzahnung, bis die letzte Strophe sich zum Abschluß aus der ersten Strophe die beiden ja noch nicht wiederholten Zeilen (X und Y) für Position 2 und 4 holt.

Umständlich zu beschreiben, aber eine relativ einfache Formel. Mit ihr zu arbeiten, wird ungewohnt vertrackt, weil die »Bauteile« nicht wie in einer Architektur statische Klötze mit einfacher Raumbeanspruchung sind sondern, als »ganze Zeilen«, ja immer auch syntaktische Textschübe mit einer Dynamik, die sich irgendwo herleitet und weiterführen lassen will.

Na ja, es stellte sich heraus, daß es beim allmählichen Verfertigen des Pantums aus Makrosignifikanten »mit der Hand auf dem Papier« um eine ständige Nachwegnahme dessen

* Jacques Jouet: Le pantoum, genre français (Essay, erschienen in der Zeitschrift LIMON no 2, Mai 1988)

Jacques Jouet: Échelle et papillon. Le Pantoum. Comprenant la réédition en fac-simile du poème de René Ghil »Le Pantoun des Pantouns«. Les Belles Lettres, Paris 1998 (eine internationale Anthologie und Blütenlese des Pantums)

ging, was als Vorwegnahme erscheinen möchte, wollte, konnte. Die Schreibunterlage leistete sowas wie eine Art Kopfdienst, weil auf ihr die Zeit sich eher dingfest machen ließ, noch bevor sich eine Strategie als Fähigkeit herausbilden konnte, partiell rück-repetierlich zu denken.

Praktisch lief es ähnlich wie beim Wörter- oder Silbenpalindrom (von zwei Seiten her auf eine noch unbekannte Mitte hin schreiben), aber nur ähnlich. Beim Pantum galt es, häppchenweise den zweiten Schritt schon vor dem ersten einzufädeln, oder – um bei der Nähmetapher zu bleiben – steppstichartig vor-, und dann erst im Stichpunkt unterzufassen. Die eigentümliche Textbewegung, die dabei entsteht, scheint auf der Kippe zur konkreten Poesie zu oszillieren. Ständig stoßen Rückverweise auf das materiale Sprachgebaren dazwischen und auf.

Angesichts solch offen ausgetragener Verkettung (ja Vergatterung) schien mir der Gebrauch des Endreims, den das Pantum vom Schema her noch draufsetzt, eher marginal, mitunter dann als Ornament.

Die Villanella und das Pantum. Sie haben beide, über Jahre hinweg, nicht locker gelassen, mich mit ihren »ganzen wiederholten Zeilen«, nun ja, in lockerer Neugier zu halten. Es war natürlich »ihre« Neugier, diese beiden Spielregeln innewohnende und – sobald ich mitspielte – auch meine persönliche Neugier: was zettelt sie da an, poetisch, diese Stereotypie? Leiert sie die Texte aus? Verludert alles Wiederholte, indem es nur noch als Erkennungsmarke funktioniert?

Nun, indem ich der Unart folge, von Wiederholung zu sprechen, so als ob es sie gäbe (nein, es gibt sie nicht, weder auf dem Papier, noch im Kopf), wiederhole ich was die Sprache ständig tut, ich spreche halt »davon«. Daß es sich nicht um Wiederholung handeln kann, liegt auf dieser Hand schon anders als auf dieser – dann erst im Pantum oder in der Villanella, sag ich mir. Bei denen es regelrecht zum Spiel gehört, überschaubare Entitäten vor- und nachzustellen! Wie aber fordern diese Blaupausen nun direkt dazu heraus, *die Nichtidentität mit anderen Mitteln übertreibend – listig sozusagen – sichtbar zu machen*: und zwar nicht nur an den Übergängen zur wiederholten Zeile (und aus ihr heraus), etwa durch neue Wortzusammensetzungen, die den Bedeutungshof umkrempeln, sondern auch im syntaktischen Gesamtgefüge durch Umpolung von Funktionen, durch phonetische Lesart und/oder durch andere Interpunktion. Ein transformatorisches Eldorado verborgener Valenzen in Kernsilben (Silbenkernen) an den Schnittstellen zur Magie der Überlappung. Die vermeintliche Identität der Versatzstückpassagen kommt also offensichtlich auf den Prüfstand. Der, nebenbei gesagt, durchaus ein oulipotischer ist. Selbst für den Umgang mit biographischen Erinnerungspartikeln (z. B. das *pantum stahlblau mit streuung* oder die Villanella *prien-tüte*). Anscheinend auch die Eignung der Blaupausen zum Déjà-vu- und Madeleine-Verschnitt (die funghi porcini in der Villanella der *waldschleimhäute*) …

Oder sollte man vielleicht nur fragen: Wie groß muß, kann, darf ein Textelement als Leseschritt gerade noch sein, um in einer wie auch immer gearteten Wiederholung sich nicht dekorativ/ornamental der Abnützung preiszugeben? Ist aber nicht jeder gute Text auch eine Arabeske? Ab welcher Schwelle beginnt eine Struktur auf ihrer Leitmotivik (und -motorik) auszurutschen? Das mechanische Klavier, ein Büffelklavier.

Solche und andere Fragen, liebe Kinder, kennen wir vom Ringelreihen: Zum Tor hinaus zum Tor hinaus, die Brücke ist zerbrochen, aus was soll man sie machen, aus Kieselstein, aus Marmelstein?

Und vielleicht war es ja einfach dieses Holzschuhplattler-Gefühl (à la Lortzing, Zar und Zimmermann), dies Büffelklavier zwischen Pop und Plump, das mich, »ihm zu echappieren«, an den beiden Blaupausen reizte. Die Sprechweise, die der ungehobelte Wechsel von Zweierreim und Dreierstrophen auf der Matritze eines im Grunde »ausgewalkten Lämmersonnetts« bei den Villanellen zu generieren vermag – vergleichbar einem Rangierbahnhof mit seinen Weichen für die harten Schienenpaare: klotzige Stellwerkprobleme. Die Schienen bleiben parallel, aber andere Züge wechseln andere Gleise. Manchmal graziös. Mitsamt den tölpelhaften Triebwagen.

Vielleicht bloß das materiale Vergnügen am Stoßen und Rucken und Bumpern, solang die Syntax sich aus- und einrangiert und eine Weile flugs dauert, das heißt die Blaupausen mühelos à jour überzeichnet und verschärft.

Hinweise auf Besonderheiten, auf zusätzliche Spielarten, Macharten, Gangarten in einigen Texten

Villanellen:

kalkwappen mit chorknaben etc

Nominale Häufungen und Wörterlisten laden zum permutativen Wucher mit ihren manifest verborgenen Gemeinsamkeiten ein. Das einfache Wiederholungsmodell der Villanella (für die Zeilen 1 und 3 der ersten Strophe) hätte die in der Textsorte »Häufung« angebotenen Möglichkeiten brach liegen lassen. Ich habe mir – unter Wahrung der jeweiligen materialen Zeilenidentität – erlaubt, durch Umstellung und Zusammenbildung der Elemente mögliche Listenwucherungen anzudeuten – zum Weiterdenken.

zeno gussa

»sozusagen« buchstäblich (d.h. anagrammatisch) auf die umarmt werdende Funktion in den Terzinen reduziert. Die im Anagramm inkorporierte Wiederholung. Das zweite Reimpaarwort, das umarmende, bleibt ungelüftet in seinen anagrammatischen Hypostasen.

flitter (deunglitsch)

Die Villanella *flitter* (wie die Pantums *suchtaste* und *happentaster*) gehören zum DEUNGLITSCH-Projekt, mit dem Harry Mathews und ich seit 1994 sporadisch und jeder von seiner Sprachseite her immer noch zugange sind.

Unser »Deunglitsch« (nicht zu verwechseln mit dem Denglisch von Schuldt, das mit deutschen Wörtern operiert, die als Realien ins Englische übernommen wurden) erfaßt nur Wörter – genauer gesagt nur Wortformen – und deren Zusammensetzungsmöglichkeiten, die im Englischen wie im Deutschen *vor dem Auge gleich sind*, gleichzeitig aber, und das ist in dieser oulipotischen Einschränkungsregel verpflichtend, *etwas ganz anderes bedeuten* (und natürlich laut gesprochen auch anders klingen). Hochgestecktes und vermutlich kaum zu erreichendes Ziel des Deunglitschprojektes wären mit Hilfe des wenig umfangreichen DGL-Wortschatzes gebaute Texte, die in beiden Sprachen sinnfällig und syntaktisch funktionieren.

Mein von der deutschen Bedeutungsseite her gefügter *flitter* erweist sich auf jeden Fall als Lautgedichtvariante der Villanella.

Pißmandel

In der Oberflächenübersetzung entlang der englischen Vorlage scheint sich sehr früh und fast selbsttätig die Vorazität (und Komestibilität) der Laute, besonders der Selbstlaute, als Deutungsimpuls durchgesetzt zu haben. So geriet die ganze Villanella auf nur scheinbar mirakulöse Weise in den Metabolismus westöstlicher Lebensmittelphantasien. Siehe auch *mirer (frz.)*: Eier gegen das Licht halten; *a se mira (rum.)*: staunen; *mir (russ.)*: unter anderem die (mandelförmige, sich herausmendelnde) Frau Werlt. Hier nun W. H. Audens Villanella, die sich an einer anderen Meeresoberfläche bricht:

Miranda

My Dear One is mine as mirrors are lonely,
As the poor and sad are real to the good king,
And the high green hill sits always by the sea.

Up jumped the Black Man behind the elder tree,
Turned a somersault and ran away waving;
My Dear One is mine as mirrors are lonely.

The Witch gave a squawk; her venomous body
Melted into light as water leaves a spring
And the high green hill sits always by the sea.

At his crossroads, too, the Ancient prayed for me;
Down his wasted cheeks tears of joy were running:
My Dear One ist mine as mirrors are lonely.

He kissed me awake, and no one was sorry;
The sun shone on sails, eyes, pebbles, anything,
And the high green hill sits always by the sea.

So, to remember our changing garden, we
Are linked as children in a circle dancing:
My Dear One is mine as mirrors are lonely,
And the high green hill sits always by the sea.

Pantums:

kolben und zehen
Schnurrt – warum eigentlich nicht? – die »ganze Zeile« auf nur 1 Silbe zusammen, so wird die fortlaufende Durchführung des Pantums zum »Problem der Anschlußfähigkeit hüpfender Silben in erstrebten sinnfälligen Wortzusammenhängen«. Mit anderen Worten: Welche Silben sind überhaupt imstande, pantumatisch zu hüpfen? Ähnlich wie bei der Suche nach silbenpalindromtauglichen Silben vor einigen Jahren war ich auf passende Einzelfunde aus – die hier erfreulicherweise dann der Maiskolben mit seiner Imagistik lieferte.

Im *rohmais orphisch* ist also jede Verszeile »in nuce« eine ganze Pantumstrophe, und das zehnzeilige Gebilde ein zehnstrophiges Pantum.

Im *pantum aus rohmais orphisch* erscheint dann das »Pantum im Pantum«, das die einzelne Zeile nun wieder als einzelne Zeile begreift, wodurch ein fünfstrophiges Pantum entsteht, das den Zeilen – und das war die Überraschung – nach einem langsamen Anrollen neue Lesarten eröffnet.

Oder war es keine Überraschung? Oder mußte sie – mais gott – bereits im *rohmais orphisch* mitbedacht gewesen sein?

seltener sehwinkel (pantum aus west-östlichem d)
Natürlich ist es die selige Sehnsucht, die den seltenen Sehwinkel aus (oder auf) Goethes Diwangedicht ermöglicht hat. Sie liest nun den Weisen als den Wellenbaum, die Menge als das Menuett, den Flammentod als Flaschenpost. Und vieles mehr: nach einem freiwillig gewählten Wörterbuch (hier Langenscheidts Taschenwörterbuch Deutsch-Französisch, 1959); nach der oulipotischen Entfesselungskontrainte »S, V, A + 7« (also jeweils das siebente Substantiv, Verbum oder Adjektiv nach dem Goethewort); und – um das diwanmäßige Vor- und Nachgreifen über Persien hinaus zur malaiischen Inselwelt zu »ersehnen« – nach allen Regeln des Pantums.

suchtaste (deunglitsch)
Stammt aus der Arbeit am DGL-Projekt – siehe die Villanella *flitter*. Dazu die weitere Überlegung: Wie (mit was für einem Geschmack) denkt dies Deunglitschpantum nun? Sein Wortschatz ist ja nicht nur semantisch »power« (hat allerdings in diesem Adjektiv ein »starkes« Argument für die Schwäche), sondern auch auf wenige Formen innerhalb der Wortarten eingeschränkt. Die »suchtaste« denkt sich in der Pantumsprache, also auf Pantumisch, in seine Möglichkeit hinein, sucht abzutasten, »was these drumherum im material« sich bietet. Gleichzeitig schreibt es sich als »antwortbrief« (das kurze Ameisenwurzelgeflecht) an Harry Ma-

thews, um ihm die oskarische DGL-Verfassung während dieser Lernphase in statu nascendi mitzuteilen. Der Schock, daß auf der dem Deutschen zugewandten DGL-Seite die meisten Verben im Imperativ auftreten, ist hart. Die »suchtaste« sucht also nach Möglichkeiten, den Befehlsgestus durch Modalformen (lass, mag, muss + Infinitiv) aufzuweichen. »Was tun« ist ein Seitenhieb auf Lenin. »Themen« und »thesen«, desgleichen, auf die mimetische Literatur. Insgesamt ist »suchtaste« ein Polterabendgedicht zur Hochzeit von Pantum und Deunglitsch.

happentaster (deunglitsch)
Weiter so überlegt (Deunglitsch und Pantum als »Sprachen«): Die Poesis des Denkens auf Deunglitsch kann nicht (und will ja auch nicht) englische oder deutsche Sprechmuster bloß nachstellen (imitieren, simulieren). Auf der Suche nach einer DGL-gemäßen Syntax bietet nun die Zeilenwiederholung im Pantum sozusagen Happen an, die sich aus dem DGL-Wortschatz speisen. Hilfreich auch, auf der deutschen DGL-Seite, die Möglichkeit, Konditionalsätze verkürzt bzw. verkappt (also ohne »wenn«) zu bilden – was wiederum der Doppelbödigkeit der Zeilenpaare im Pantum förderlich ist. Der »happentaster« strukturiert hier die Vermählung von DGL-Enzyklopädik (Aufreihung von Wörterlisten) mit rhythmischer DGL-Mystik. Pro Zeile ein »prädikatives« Element, an dem eine ganze Schnur syntaktisch gleichwertiger Dinge hängt: Wortschatz-Beispiele einerseits – und gleichzeitig rhythmische und semantische Felder mit Saugwirkung. Da Quirinus Kuhlmann in seinem Kühlpsalter ähnlich verfährt (siehe den 41. Liebeskuss), muß er zwischensprachlich auch in der DGL-Zunge gedacht haben.

pantum tambur I, II, III, IV
Der Text zu den vier Lesarten des – dedikatorisch implizit

auch tschuwaschischen – Lautgedichtes permutiert, natürlich im Pantumrhythmus, 14 x 4 = 56 distinkte »Silben«. In den Ablaufmustern entstehen Bedeutungsgehege, Hofstellen, mitunter sogar syntaktische. Chlebnikovs Za-Um huscht herum.

Pantum I und Pantum II verlaufen auf der Rechts-Links-Achse spiegelbildlich, also verkehrt; III und IV untereinander ebenso; III ist aus I durch Schwenken der Strophen um 90 Grad »verzwirbelt« hervorgegangen – so daß das pantumatische Wiederholungsmoment, materialiter voll da, sich dem Trommelfell (auch der Retina) zu entziehen scheint: Schamanen hören es trotzdem.

Und Künstlerinnen wie Uta Schneider machen dann daraus ein Alphabet aus 56 Linolschnittzeichen, das sich wiederum dem Auge nach dem Pantumschlüssel entnetzt (wie im Neuen Kunsthaus Ahrenshoop in den »Beziehungsweisen« im Sommer 1998 geschehen).

qumram talkum
Durchgehend – so wie der Titel – als gegenläufige Vokalise konzipiert: u – a / a – u // a – u / u – a usw.

pompon tamtam
Eine Etüde zur und mit der scheinbaren Zeilenidentität via vokalisischer Eintönung (und -tönigkeit). Die von der klassischen malaiischen Liebes- und Naturpoesie präkonisierte (und von mir in allen anderen Pantums ziemlich vernachlässigte) Gliederung der Strophen in »untere« und »obere« Bereiche zeigt sich nun mühelos.

Berlin, im L der Schlüterstraße,
20. August 1999

Inhalt

Villanella

Pantum

Edition Akzente

Herbert Achternbusch: Der letzte Schliff
John Ashbery: Eine Welle. *Gedichte*
Reinhard Baumgart: Auferstehung und Tod des Joseph Roth. *Drei Ansichten*
Reinhard Baumgart: Glücksgeist und Jammerseele. *Über Leben und Schreiben, Vernunft und Literatur*
John Berger: Und unsere Gesichter, mein Herz, vergänglich wie Fotos
Horst Bienek: Das allmähliche Ersticken von Schreien. *Sprache und Exil heute. Münchner Poetik-Vorlesungen*
Maurice Blanchot: Das Unzerstörbare. *Ein unendliches Gespräch über Sprache, Literatur und Existenz*
Frank Böckelmann: Deutsche Einfalt. *Betrachtungen über ein unbekanntes Land*
Karl Heinz Bohrer: Die Grenzen des Ästhetischen
Karl Heinz Bohrer: Nach der Natur. *Über Politik und Ästhetik*
Karl Heinz Bohrer: Provinzialimus. *Ein physiognomisches Panorama*
Jean Bollack: Herzstein. *Über ein unveröffentlichtes Gedicht von Paul Celan*
Yves Bonnefoy: Wandernde Wege
Jorge Luis Borges: Geschichte der Nacht. *Neue Gedichte. Zweisprachige Ausgabe*
Joseph Brodsky: Marmor. *Ein Stück*
Joseph Brodsky: Römische Elegien und andere Gedichte
Massimo Cacciari: Gewalt und Harmonie. *Geo-Philosophie Europas*
Roger Caillois: Der Krake. *Versuch über die Logik des Imaginativen*
Roger Caillois: Steine
Italo Calvino: Kybernetik und Gespenster. *Überlegungen zu Literatur und Gesellschaft*
Dino Campana: Orphische Gesänge. Canti Orfici. *Zweisprachige Ausgabe*
Elias Canetti: Der andere Prozeß. *Kafkas Briefe an Felice*
René Char: Rückkehr stromauf. *Gedichte. Zweisprachige Ausgabe*
Inger Christensen: Der Geheimniszustand und das »Gedicht vom Tod«. *Essays*
Robert Darnton: Der Kuß des Lamourette. *Kulturgeschichtliche Betrachtungen*
Martin R. Dean: Außer mir. *Ein Journal*
Jacques Derrida: Adieu. *Nachruf auf Emmanuel Lévinas*
Tankred Dorst: Der verbotene Garten. *Fragmente über D'Annunzio*
Umberto Eco: Lector in Fabula. *Die Mitarbeit der Interpretation in erzählenden Texten*

Entzauberte Zeit. Der melancholische Geist der Moderne. *Herausgegeben von Ludger Heidbrink*
Vilém Flusser: Dinge und Undinge. *Phänomenologische Skizzen*
Vilém Flusser: Vogelflüge. *Essays zu Natur und Kultur*
Louis-René des Forêts: Das Kinderzimmer
Michel Foucault: Dies ist keine Pfeife
Georg Franck: Ökonomie der Aufmerksamkeit
Boris Groys: Die Erfindung Rußlands
Boris Groys: Gesamtkunstwerk Stalin
Boris Groys: Logik der Sammlung. *Das Ende des musealen Zeitalters*
Boris Groys: Über das Neue. *Versuch einer Kulturökonomie*
Madeleine Gustafsson: Die Lawine hinauf. *Gedichte*
Michael Hamburger: Das Überleben der Lyrik. *Berichte und Zeugnisse*
Peter Hamm: Aus der Gegengeschichte. *Lobreden und Liebeserklärungen*
Peter Hamm: Der Wille zur Ohnmacht. *Über Robert Walser, Fernando Pessoa, Julien Green, Nelly Sachs, Ingeborg Bachmann, Martin Walser u. a.*
Joseph Hanimann: Vom Schweren. *Ein geheimes Thema der Moderne*
Ludwig Harig: Das Rauschen des sechsten Sinnes. *Reden zur Rettung des Lebens und der Literatur*
Robert Harrison: Im römischen Regen
Seamus Heaney: Die Herrschaft der Sprache. *Essays und Vorlesungen*
Seamus Heaney: Norden. *Gedichte. Englisch-Deutsch*
Seamus Heaney: Verteidigung der Poesie. *Oxforder Vorlesungen*
Seamus Heaney: Die Wasserwaage. *Gedichte. Englisch-Deutsch*
Gerd Henniger: Spuren ins Offene. *Essays über Literatur*
Felix Philipp Ingold: Echtzeit. *Gedichte*
Felix Philipp Ingold: Freie Hand. *Ein Vademecum durch kritische, poetische und private Wälder*
Felix Philipp Ingold: Haupts Werk. Das Leben
Felix Philipp Ingold: Mit andern Worten
Edmond Jabès: Ein Fremder mit einem kleinen Buch unterm Arm
Philippe Jaccottet: Fliegende Saat. *Aufzeichnungen 1954–1979*
Ilja Kabakow/Boris Groys: Die Kunst der Installation
Dietmar Kamper: Hieroglyphen der Zeit. *Texte vom Fremdwerden der Welt*
Konstantin Kavafis: Die Lüge ist nur gealterte Wahrheit. *Notate, Prosa und Gedichte aus dem Nachlaß*
Konstantin Kavafis: Die vier Wände meines Zimmers. *Verworfene und unveröffentlichte Gedichte*
Friedhelm Kemp: »... das Ohr, das spricht«. *Spaziergänge eines Lesers und Übersetzers*
Danilo Kiš: Der Heimatlose. *Erzählungen*
Danilo Kiš: Homo poeticus. *Gespräche und Essays*
Milan Kundera: Die Kunst des Romans. *Essay*

Günter Kunert: Vor der Sintflut. *Das Gedicht als Arche Noah. Frankfurter Vorlesungen*
Wolf Lepenies: Autoren und Wissenschaftler im 18. Jahrhundert. *Buffon, Winckelmann, Linné, Georg Forster, Erasmus Darwin*
Primo Levi: Gespräche und Interviews. *Herausgegeben von Marco Belpoliti*
Emmanuel Lévinas: Eigennamen. *Meditationen über Sprache und Literatur*
Emmanuel Lévinas: Zwischen uns. *Versuche über das Denken an den Anderen*
Hans Löffler: Nach dem Krieg. *Gedichte*
Claudio Magris: Mutmaßungen über einen Säbel
Ōoka Makoto: Dichtung und Poetik des alten Japan. *Fünf Vorlesungen am Collège de France*
Ossip Mandelstam: Das zweite Leben. *Späte Gedichte und Notizen*
Norman Manea: Über Clowns. *Essays*
Christoph Meckel: Erinnerung an Johannes Bobrowski
Martin Meyer: Ende der Geschichte?
Martin Meyer: Tagebuch und spätes Leid. *Über Thomas Mann*
Henri Michaux: Unseliges Wunder. *Das Meskalin*
Norbert Miller: Strawberry Hill. *Horace Walpole und die Ästhetik der schönen Unregelmäßigkeit*
Czesław Miłosz: Das Zeugnis der Poesie
Libuše Moníková: Prager Fenster. *Essays*
Libuše Moníková: Schloß, Aleph, Wunschtorte. *Essays*
Eugenio Montale: Gedichte 1920–1954. *Zweisprachige Ausgabe*
Paul Muldoon: Auf schmalen Pfaden durch den tiefen Norden. *Ausgewählte Gedichte*
Harry Mulisch: Die Säulen des Herkules. *Essays*
Ivan Nagel: Autonomie und Gnade. *Über Mozarts Opern*
Ivan Nagel: Gedankengänge als Lebensläufe. *Versuche über das 18. Jahrhundert*
Ivan Nagel: Kortner – Zadek – Stein
Oskar Pastior/Francesco Petrarca: 33 Gedichte
Oskar Pastior: Lesungen mit Tinnitus. *Gedichte 1980–1985*
Oskar Pastior: Vokalisen & Gimpelstifte
Oskar Pastior: Villanella & Pantum. *Gedichte*
Francis Ponge: Schreibpraktiken oder Die stetige Unfertigkeit
Klaus Reichert: Der fremde Shakespeare
Jannis Ritsos: Unter den Augen der Wächter. *Gedichte*
Florian Rötzer: Digitale Weltentwürfe. *Streifzüge durch die Netzkultur*
Tadeusz Różewicz: Letztendlich ist die verständliche Lyrik unverständlich. *Späte und frühe Gedichte*
Juan Rulfo: Der goldene Hahn. *Erzählung*
Edward W. Said: Der wohltemperierte Satz. *Musik, Interpretation und Kritik*

Claudia Schittek: Flog ein Vogel federlos. *Was uns die Rätsel sagen*
Alfred Schmidt: Idee und Weltwille. *Schopenhauer als Kritiker Hegels*
Raoul Schrott: Bakchen. *Nach Euripides*
William Shakespeare / Franz Josef Czernin: Sonnets, Übersetzungen
Charles Simic: Ein Buch von Göttern und Teufeln. *Gedichte*
Charles Simic: Medici Groschengrab. *Die Kunst des Joseph Cornell*
Charles Simic: Grübelei im Rinnstein. *Ausgewählte Gedichte*
Susan Sontag: Aids und seine Metaphern
Marin Sorescu: Der Fakir als Anfänger. *Gedichte und Ansichten*
Jean Starobinski: Melancholie im Spiegel. *Baudelaire-Lektüren*
Jean Starobinski: Montesquieu. *Ein Essay*
George Steiner: Der Garten des Archimedes. *Essays*
George Steiner: Martin Heidegger. *Eine Einführung*
George Steiner: Unter Druck. *Parabeln*
George Steiner: Von realer Gegenwart. *Hat unser Sprechen Inhalt?*
Marleen Stoessel: Aura. *Das vergessene Menschliche. Zu Sprache und Erfahrung bei Walter Benjamin*
Botho Strauß: Der Aufstand gegen die sekundäre Welt. *Bemerkungen zu einer Ästhetik der Anwesenheit*
Botho Strauß: Marlenes Schwester / Theorie der Drohung. *Zwei Erzählungen*
Botho Strauß: Fragmente der Undeutlichkeit
Antonio Tabucchi: Die letzten drei Tage des Fernando Pessoa
Antonio Tabucchi: Wer war Fernando Pessoa?
Tomas Tranströmer: Die Erinnerungen sehen mich
Tomas Tranströmer: Sämtliche Gedichte
Lionel Trilling: Kunst, Wille und Notwendigkeit. *Literaturkritische und kulturphilosophische Essays*
Giuseppe Ungaretti: Die Heiterkeit · L'Allegria. *Gedichte 1915–1919. Zweisprachige Ausgabe*
Paul Virilio: Der negative Horizont. *Bewegung – Geschwindigkeit – Beschleunigung*
Paul Virilio: Die Eroberung des Körpers. *Vom Übermenschen zum überreizten Menschen*
Paul Virilio: Ereignislandschaft
Paul Virilio: Fluchtgeschwindigkeit. *Essay*
Paul Virilio: Krieg und Fernsehen
Paul Virilio: Information und Apokalypse. Die Strategie der Täuschung
Vom Übersetzen: *Herausgegeben von Martin Meyer*
Derek Walcott: Das Königreich des Sternapfels. *Gedichte*
Karl Otto Werckmeister: Linke Ikonen
Zeit-Räume: *Zeiträume – Raumzeiten – Zeitträume. Herausgegeben von Martin Bergelt und Hortensia Völckers*
Marina Zwetajewa: Gruß vom Meer. *Gedichte*